大偵探福爾摩斯

吸血鬼之謎II

SHERLOCK HOLMES

大偵探福爾摩斯

吸血鬼之謎II

「迪夫，你說！該怎樣處理？」芭芭拉兇巴巴地質問她的丈夫。

「這……這……」迪夫不敢正視妻子，低着頭期期艾艾地答道，「這……多等幾天吧……我會想辦法的……」

「想辦法！想辦法！」芭芭拉怒吼，「每次問你，你就說想辦法！你已想了好幾個月了，想到差不多海枯石爛啦！你究竟還要想到幾時？說！」

「這……這個……不是一般事情，總得花點時間好好計劃嘛……」

「計劃？還用計劃什麼？這麼簡單的事情也要計劃嗎？只是一件礙眼的大垃圾而已，到野外找個地方扔掉不就行了？」芭芭拉連珠炮發，「怕被人家看到不好意思的話，可以走遠一點，去沒有人看見的地方呀！對！越遠越

好，我已受夠了，不想再看見這件**大垃圾**了，再看多一天我也會作嘔呀！」

「可是……不管多遠……總會被人家發現的啊……」迪夫**猶豫不決**地說，「要是被發現了，找到我們頭上來，那就麻煩了……」

「哼！你的腦袋長了草嗎？」芭芭拉指着丈夫的頭怒罵，「可以找一個人家不會發現的方法去**處理**呀！笨蛋！」

「怎……怎會不發現呢？」迪夫以怯懦的眼神偷偷地看了妻子一眼，「你也會說，那是一件大垃圾，帶到街上……馬上就會……讓人看見了。」

「哎呀！原來你的腦袋真的長滿了草！」芭芭拉**破口大罵**，「你可以用我們那輛送貨用的馬車呀，把大垃圾往車上一塞，再蓋上一塊帆布，不就神不知鬼不覺嗎？傻瓜！」

「可是……扔掉的時候，還是……還是容易給人家看見的啊。」迪夫回答後，馬上緊閉雙眼退後一步，又把頭縮到聳起的兩肩中間，以防妻子的罵聲震破他的耳膜。

可是，待了一會，不但沒聽到咒罵聲，連妻子生氣時那「呼嚕呼嚕」的喘氣聲也消失了。迪夫感到有點異乎尋常，只好悄悄地張開眼睛，往妻子看去——

「啊！」當看到妻子的眼睛後，迪夫突然感到自己的脊骨滲入了一股寒氣，令他全身打了個激靈。

那是一雙冰冷的眼睛，眼神中不僅沒有感情，甚至看來沒有靈魂，就像一雙空空洞洞的、只有死掉的人才會有的眼神！

「埋了吧。」芭芭拉一反常態，以異常平靜的語氣說，「找個沒人看見的地方，把那件大垃圾埋了吧。這樣的話，就不會讓人發現了。」

迪夫雖然不敢相信自己的耳朵，但妻子的說話卻在耳中不斷回響。

埋了吧……埋了吧……埋了吧……

黑夜，除了青蛙和蟲的叫聲外，連一點風聲也沒有，寧靜得叫人心寒。

迪夫感到自己全身冒汗，可是他並不感到熱，反而感到有點冷。他知道，自己流的是冷汗。

在微弱的燭光中，他呆呆地看着自己腳邊那個黑洞洞的地穴，並喃喃自語：「原諒我……這是迫不得已的……我實在沒有辦法……這是芭芭拉的主意，不要怪我……嗚嗚嗚……」

他一邊嗚咽着一邊用鐵鏟鏟起地穴旁邊的泥巴，有氣無力地往地穴中倒去。

就在這時，外面突然響起了兩個人聲。迪夫赫然一驚，馬上豎起耳朵細聽。

「憋死了，我要找個地方方便一下。」一個男聲說，「你也要小便嗎？」

「我也尿急啊，但聽說這附近很猛鬼的，不宜在這個地方小便啊。」

「哎呀，你平時膽子不是很大的嗎？怎會相信這些謠傳？」

「可是……」

「別磨磨蹭蹭的，你不來的話，我自己去那邊方便啦！」

「好吧、好吧。」

對話聲和腳步聲越來越近，迪夫被嚇得連忙吹熄蠟燭，走到門口往門外偷看，只見不遠處亮着一盞搖搖晃晃的油燈，隱約可以見到有兩個男人提着燈往這邊走來。他大驚之下，馬上拿起鐵鏟就走，消失在黑暗之中。

這時，兩個男人已走近，提着油燈的走在前面，另一個跟在後面。

「前面好像有個門口，進去方便吧。」

「好的。」

說着說着，兩個男人已走近，並步進門口。

「原來是個荒廢的石室，正好用來當作廁所。」提着油燈的男人笑道，「相信沒有人會怪責我們吧。哈哈哈！」

「唔？有一堆泥堆在中間呢。」

「真的呢。」

兩個男人說着，已忘了憋着的尿，好奇地繞到那堆泥的後面，要看個究竟。

在油燈的燈光下，他們發現地下竟有一個**地穴**。

「原來有人在這裏挖了個洞，看來那堆泥就是從這個洞挖出來的。」

「會……會不會是**墓穴**？」其中一人害怕地說，「可能有人**盜墓**……」

「不會吧……」

「**呀！**」

「怎麼了？」

「有東西纏着我的腳！」

「什麼？」提着油燈的男人連忙把燈舉過去。

「哇呀！」兩人不約而同地驚呼。

在微弱的燈光下，他們看到的，竟是一隻瘦骨嶙峋的手從黑漆漆的地穴中伸出，牢牢地抓住其中一個男人的腳！

兩人嚇得呆了，但還未來得及反應過來，又

看見從地穴中浮現出一張恐怖的**臉**，臉上的那雙眼佈滿**血絲**，緊緊地盯着兩人。

「**哇哇哇呀呀呀！鬼呀！**」兩人大驚失色。慌亂中，被抓住腳的男人用力掙脫那隻瘦骨嶙峋的手，與提着油燈的同伴，**屁滾尿流**似的一起逃出石室，衝進一片黑暗之中。

福爾摩斯一行五人乘坐的馬車抵達位於蘭伯利的**弗格臣**大宅時，天色已近黃昏。

半年前，這附近一個荒廢了的墓地曾發生命案，並傳出墓穴中的**德古拉伯爵**打開棺木化身成為吸血鬼殺人，弄得附近的村民**惶惶不可終日**。後來，幸得福爾摩斯出手調查，揭開命案的真相，而所謂的吸血鬼只是**虛驚一場**，更因此挽救了弗格臣瀕臨破碎的一家。*

*詳情請看《大偵探福爾摩斯⑬吸血鬼之謎》。

這次，弗格臣特意邀請福爾摩斯、華生、李大猩、狐格森和愛麗絲一起到來度假，就是為了答謝他們在半年前的幫忙。

「李大猩！又見到你真好啊！」弗格臣早已在大宅的門前等候，一看到馬車開至，立即就趨前相迎。

「哇哈哈！弗格臣老弟！你的面色真好，看來沒有被吸血鬼吸乾了血呢！」李大猩與弗格臣是老同學，說起話來也肆無忌憚。

「別拿我和內子來開玩笑了，她聽到會不高興的啊。」弗格臣尷尬地笑道。

「對啊。」華生怪責，「李大猩不該開這種玩笑。」

「嘿嘿嘿，他就是喜歡口不擇言。」狐格森乘機揶揄。

「怎會啊！我才不會介意呢。」這時，弗格臣的妻子卡蒂剛從大門步出，「上次全靠李大猩先生和你們的幫助，我才能洗脫是吸血鬼的嫌疑，感謝還來不及呢。」

「弗格臣太太，你好。」愛麗絲看到卡蒂，馬上趨前打了個招呼。

「啊，你一定是愛麗絲了。」卡蒂笑道，「傑克常向我提起你啊。」

卡蒂口中的**傑克**，是弗格臣與前妻所生的兒子，曾與卡蒂有**嫌隙**，後來在福爾摩斯的安排下，進入了愛麗絲就讀的寄宿學校唸書，才修補了兩母子的關係。

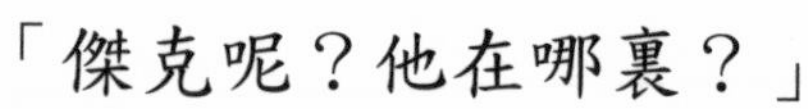

「傑克呢？他在哪裏？」

愛麗絲問。

「啊，他與兩個僕人上山打獵，說要打兩隻野雞回來招待你們。」卡蒂笑道。

「是嗎？他去打獵？」福爾摩斯好奇地問，「半年前那個孤僻的少年，看來現在已大有改善呢。」

「什麼孤僻的少年啊！」

愛麗絲抗議，「傑克是個很開朗的人，在學校裏很受同學們的歡迎啊。」

聞言，福爾摩斯狡黠地一笑，別有意味地問道：「嘿嘿嘿，你這麼維護傑克，難道對他有好感？」

「好感嗎？」愛麗絲斜眼望向

我們的大偵探，語帶譏諷地說，「我除了對常常**欠租**的人沒有好感外，對什麼人也會有好感啊。」

「**欠租**？」福爾摩斯赫然一驚。

愛麗絲一手拉起華生的手臂，穿到自己的臂彎上，說：「華生醫生人又好，又準時交租，我對他最有**好感**了。」

說完，又走到李大猩那兒，挨在他身邊說：「李大猩先生也不錯啊！上次輸了錢，**二話不說**就付了，也真叫人有**好感**呢。」

「哈哈哈……是嗎？」李大猩紅着臉，**腼腆**

地笑道。

「哼！ロロ聲聲講錢，年紀小小一點也不可愛，簡直就像吸血鬼似的。」福爾摩斯被刺中痛處，只好把話題扯開，「哼！吸血鬼可能比你更可愛呀！」

華生在旁暗笑。他知道，愛麗絲是福爾摩斯的死敵，一談到欠租，堂堂倫敦首屈一指的大偵探，也只能顧左右而言他。

「哈哈哈！大家真懂得開玩笑。」弗格臣連忙打圓場，「難得能請你們到這裏來玩，這幾天我們家一定會很熱鬧了。」

「爸爸！」就在這時，一聲叫喊引起眾人

的注意。他們轉頭一看，原來是傑克回來了，他身後還跟着兩個男僕。

傑克慌慌張張地跑到弗格臣身旁，上氣不接下氣地說：「爸爸！吸血……吸血……**吸血鬼又出沒了！**」

「什麼？」弗格臣聞言大驚。

「嘿嘿嘿，小朋友，又來這一套嗎？」狐格森笑道，「上次你弄出來的**吸血鬼疑雲**被我們識破了，難道這次還有新意思？」

「不……這次……這次可能是真的。」傑克

仍然一臉恐懼。

「嘿嘿嘿，世上哪會有吸血鬼，小孩子不要被迷信誤導啊。」李大猩擺出一副師長的架子，以教導的語氣說。

「李大猩先生說得對，世上是不會有吸血鬼的，不要自己嚇自己啊。」卡蒂安撫。

「媽媽，我本來也不相信的……」傑克說，「可是，我們上山打獵時碰見幾個村民，他們都說這幾天在德古拉伯爵大宅的廢墟中，看到吸血鬼在墓地附近徘徊啊。」

「真的嗎？」弗格臣問，「會不會是他們以訛傳訛，無中生有？你也知道，那個廢墟常常都有鬧鬼的謠傳啊。」

「不。」一個男僕戰戰兢兢地走近說，「看他們的神情不像亂說，其中一個村民更說，三天前的深夜，有兩個外地人路過一個挖開了的墓穴時，還被吸血鬼捉住一隻腳呢！」

「啊……」眾人聽到男僕說得言之鑿鑿，也不禁有點恐慌起來。

「嘿嘿嘿……」突然，他們背後傳來一陣輕輕的、聽着叫人感到內心發麻的笑聲。

眾人轉頭一看，原來是福爾摩斯露出尖利的犬齒在傻笑。

「這兩個月沒有什麼案子，正悶得發慌，想不到這裏竟然再次鬧鬼，正好動一下已差不多生鏽的腦筋。」福爾摩斯說。

「咕」的一聲，李大猩吞了一口口水，緊張地問：「動……動腦筋？什麼意思？」

「還用說嗎？」大偵探狡黠地一笑，「你和狐格森既然都不信有吸血鬼，但有村民親眼看到了，不正是我們大展身手的時候嗎？」

「你……你的意思……不是要去捉鬼吧？」狐格森也緊張起來。

「哈！你最懂我的心思了。」福爾摩斯笑道，「沒錯！反正現在還未天黑，有足夠時間去伯爵的墓地看看。如果真的有鬼，順手把他捉回來也不錯呢。」

「什……什麼？捉鬼？」李大猩大驚，

「我們是來度假的……不是來捉鬼的啊！」

「對、對、對！不要**節外生枝**了，我們還是舒舒服服地接受弗格臣先生的款待，喝喝紅酒、吃吃美食吧。」狐格森神情緊張，卻假裝輕鬆地說，「**哈哈哈**，大家說對不對？」

「剛才還在說不信有吸血鬼，忽然又怕起鬼來，真沒用呢。」愛麗絲斜眼看着蘇格蘭場孖寶說。

「**什麼？我怕吸血鬼？**別亂說！我怎會怕鬼！」李大猩急得漲紅了臉。

「**對！我們怎會怕鬼？**」狐格森連忙挺起胸膛，**裝腔作勢**地說，「吸血鬼見到我們蘇格蘭場雙煞，逃還來不及呢！」

「真的？」愛麗絲挑戰道，「那麼，夠膽和福爾摩斯先生一起去**捉鬼**嗎？」

「這……」兩人看看弗格臣，又看看卡蒂和傑克，知道已**勢成騎虎**，不答應的話在眾人面前就顯得太過**窩囊**了。最後，他們只好齊聲道：「去就去，怕你不成！」

「哈哈！太好了！又可以去墓地探險了！」愛麗絲**興高采烈**地歡呼。

「真的要去嗎？」傑克有點擔心。

「**去！去！去！**」愛麗絲叫道，「一定又刺激、又好玩！你要和我們一起去啊！」說完，馬上拉着傑克的手不放。

弗格臣困惑地看着福爾摩斯，不知如何是好。

福爾摩斯意會，於是笑道：「請放心，令郎與我們一起，不會有事的。」

「就讓傑克去**見識**一下福爾摩斯先生的查案手法吧，男孩子必須鍛煉一下膽量、冒一下險，才能成為一個**男子漢**啊。」卡蒂說。

「好的。」弗格臣點點頭，「那麼，傑克就拜託你們了。我和內子為大家準備**晚餐**，請在

天黑前回來。」

「啊，準備晚餐嗎？要不要我來幫忙，我做菜也不錯。」李大猩連忙說。

「不，你去**捉鬼**，做菜讓我來吧。」狐格森搶道，「我的拿手菜是烤牛排，絕對會令大家一吃難忘。」

「不是要一起去捉鬼的嗎？怎麼搶着當伙夫？」愛麗絲不滿地說，「難道有人想**臨陣退縮**，當逃兵？」

「**別胡說！**」李大猩和狐格森齊聲道，「我們只是想幫忙罷了。」

「謝謝你們的好意，我們有傭人做菜，你們去捉鬼吧。」弗格臣笑道。

「這……」李大猩眼見已無法**推搪**，只好說，「那麼，我去你家的廚房借點東西，馬上回來。」說完，他已**一溜煙**似的跑進大宅，找廚房去了。

「**去廚房？**那傢伙搞什麼鬼？」狐格森不明所以。

福爾摩斯狡黠地一笑，說：「嘿嘿嘿，還用猜嗎？他一定是去拿可以**驅鬼**的東西了。」

「驅鬼的東西……？」狐格森想了想，才猛

然醒悟，「呀！那傢伙太自私了！怎麼不叫我一起去拿！」說着，連忙跟着跑進大宅裏。

「他們神神怪怪的，搞什麼鬼啊？」華生摸不着頭腦。

「嘿嘿嘿，看不出來嗎？」福爾摩斯湊到華生耳邊說，「他們一定是到廚房借大蒜去了。」

「呀！」華生這才記起，李大猩和狐格森上次到墓地調查時，也為爭奪大蒜而鬧了個大笑話。

德古拉伯爵的墓地

一個小時後，福爾摩斯一行六人，已來到德古拉伯爵大宅的遺址。

「上次來的時候是初春，還有點冷，沒想到半年沒來，到處都長滿了綠草呢。」福爾摩斯環視了一下廢墟，說道。

「是啊。」華生說，「雖然已是黃昏，但太陽曬在頭上，真有點熱呢。」

李大猩和狐格森把借來的兩串大蒜掛在頸上，戰戰兢兢地跟在後面。他們不時抬頭看着天空，沒注意看地面，有幾次幾乎被腳下的石頭絆倒。

傑克感到奇怪，於是問道：「你們為什麼常常看着天空？擔心下雨嗎？」

「沒什麼，看看有沒有烏鴉罷了。」李大猩說。

「對，有烏鴉的話，要小心提防。」狐格森也說。

「**烏鴉？**這裏的烏鴉膽子很小，不會偷襲人類的。」傑克說。

愛麗絲冷冷地一笑，道：「嘿！他們才不會怕烏鴉呢，怕的是吸血鬼。」

「**吸血鬼？**」傑克大吃一驚，「吸血鬼跟烏鴉有什麼關係？」

「你不知道嗎？」李大猩**煞有介事**地說，「烏鴉喜歡親近吸血鬼，有吸血鬼的地方一定會有——」

「**呱呱呱——！**」突然，一隻烏鴉在他們頭頂飛過。

「**哇呀！**」李大猩和狐格森冷不防被嚇了一跳，慘叫一聲擁抱在一起。

「哎呀，不要**大驚小怪**好不好？」福爾摩斯沒好氣地說，「這麼吵，就算有吸血鬼也會被你們嚇跑啦！」

聞言，李大猩連忙推開狐格森，向傑克責難：「都是你不好，問這問那的，害我們分了神，否則就不會被烏鴉嚇着了。」

「哼！不怪自己膽子小，還好意思怪責別人。」愛麗絲**反唇相譏**。

「算了、算了。」福爾摩斯說，「你們別吵，我們是來捉鬼的，不是來吵架的。」

「但怎樣捉？」

華生問，「**捉壞人容易，捉鬼卻沒經驗啊。**」

「捉**鬼**和捉**壞人**

有什麼分別？只要把吸血鬼出沒的地方當作犯案現場，看看有沒有什麼蛛絲馬跡可供追蹤，不就行了？」福爾摩斯說，「別再躭誤時間了，我們快一起去找吧。」

說着說着，他們已穿過廢墟來到墓地前面。不過，李大猩和狐格森卻故意留在後面，不敢走近。

「什麼也沒有呢。」華生看了一下周圍，「上次那個被挖開的墓穴，也修整好了。」

「啊，沒有發現嗎？太好了，我們回去啦。」李大猩揚聲道。

「對，你們慢慢看，我們先走。」狐格森也叫道。

兩人沒待福爾摩斯回應，已一個轉身，掉頭

就走。可是，只不過走了幾步，兩人突然停下來，還哆嗦着不斷緩緩後退。

「怎麼了？」福爾摩斯和華生覺得奇怪，走過去問道。

「那……那……」李大猩和狐格森指着前方的地面。

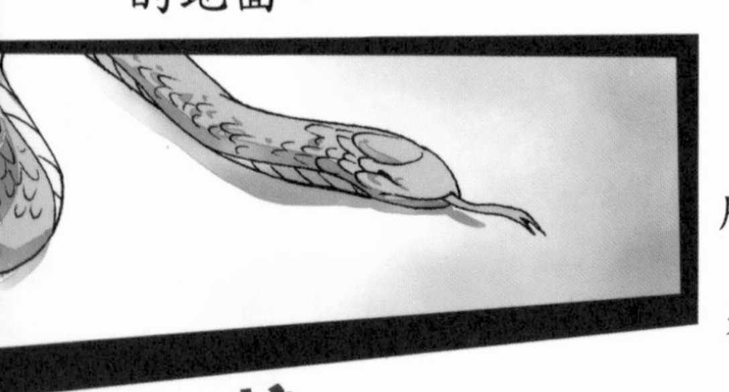

福爾摩斯循兩人所指的方向看去，原來地上有一條五六呎長的**蛇**。

「只是一條蛇罷了，不值得**大驚小怪**啊。」福爾摩斯沒好氣地說。

「那是條沒有毒的**草蛇**。」傑克也走過來說，「我們這附近有很多這種蛇的，不用怕。」

「是嗎？哈哈哈，我們都市人很少看到蛇，哪知道有毒沒毒啊。」李大猩強裝鎮靜地說，「真給牠嚇了一跳呢。」

「**哇呀！**」在墓地那邊的愛麗絲突然驚叫起來，指着一塊墓碑說，「後面……後面好像有……！」

她還沒說完，一個人影已晃晃悠悠地從墓碑後探出頭來。眾人看到他的臉容，都給嚇了一跳。

那人衣衫襤褸又頭髮蓬鬆，臉上的皮膚佈滿裂紋，雙目無神卻充滿紅絲，一拐一拐的從墓碑後走出來。

「吸……吸血鬼……」李大猩和狐格森被嚇得雙腿發軟，竟不懂得逃走。愛麗絲雖

然不相信世上有吸血鬼，但也被嚇得躲到傑克和華生的身旁，不敢接近。

福爾摩斯並沒有被嚇倒，還揚聲問道：「**嗨！**你在這裏幹什麼？」

可是，那人好像聽不到福爾摩斯的問話似的，只是茫然地打量了眾人一下，就**顫巍巍**地轉身，看似要離開。

「**別走！**」福爾摩斯一個箭步衝前，攔在那人前面再問，「你是誰？為什麼在這裏**扮鬼嚇人**？」

那人沒理會，他繞過福爾摩斯，一拐一拐地往前走。可是，他只是**搖搖晃晃**地走了幾步，就忽然倒下來，像一個漏了氣的皮球似的，**一動不動**地軟癱在地上。

地穴中的吸血鬼

「啊！」眾人大感錯愕。

福爾摩斯馬上走到那人身旁蹲下細看，並說：「這人看來已年過古稀。他的皮膚很乾燥，一定是缺水，身體也很虛弱呢。」

「你……看清楚啊，他……可能是吸血鬼呀。」李大猩緊張地說。

「對，他可能不是缺水，而是缺……缺血啊！」狐格森害怕得結結巴巴。

「是嗎？那麼，借你們

的血來吸一吸，讓他補充一下營養吧。」福爾摩斯一本正經地說。

「別開玩笑！我們怎會把自己的血來餵吸血鬼！」李大猩和狐格森同聲抗議。

「哎呀，福爾摩斯只是開玩笑罷了，讓我來看看吧。」說完，華生也走到老人身旁蹲下，仔細地診視。

「唔……」華生為老人把了一下脈，又看了看他臉上的裂紋，「確是很虛弱，他看來給太陽暴曬了一些時日，曬得臉上的表皮也脫落了。」

「傑克，你不是帶了水嗎？先讓他喝些水吧。」福爾摩斯說着，托起老人的頭，接過傑克遞過來的水壺，小心地把水倒進老人口中。

老人迷迷糊糊地張開口，用右手抓住水

壺，拚命地喝了幾口後，神智已逐漸回復清醒了。

「呀！他的手臂上有兩個**齒孔**！」傑克指着老人的手臂說。

「什麼？有兩個齒孔？」李大猩大驚，「不會是**吸血鬼**留下的吧？」

福爾摩斯和華生小心地看了一下那兩個齒孔，然後抬起頭來，互相別有意味地對

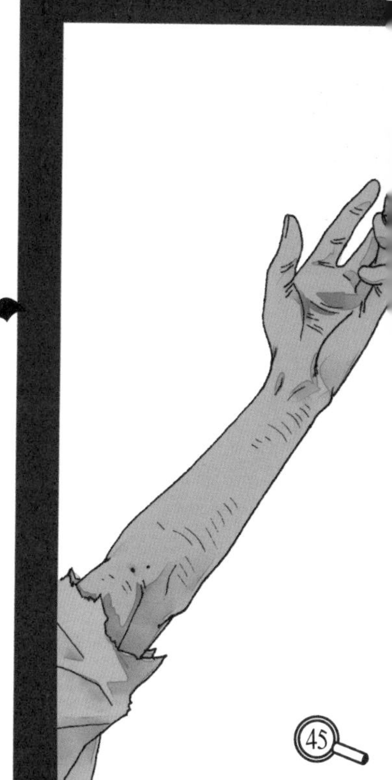

視一笑。

「可以借一顆**大蒜**給我嗎？」福爾摩斯向蘇格蘭場孖寶說。

「借大蒜？」李大猩愕然，「你想用來**防身**嗎？」

「啊！難道你已證實齒孔是吸血鬼咬的？」狐格森嚇得退後了一步，「**被吸血鬼咬過的人都會變成吸血鬼的啊！**」

「嘿嘿嘿，說得沒錯，他很快就會變成吸血鬼了。」福爾摩斯露出犬齒冷笑，「他快醒了，你們不想我被他咬一口吧？要知道，我變

成吸血鬼的話，一定是**史上最強**的啊。」

「啊！好好好！拿去吧。」李大猩連忙從大蒜項鏈中剝下一顆拋過去。

福爾摩斯一手接過大蒜，馬上就塞進口中**咀嚼**起來。

「要馬上吃嗎？」李大猩和狐格森大驚，立即把**大蒜項鏈**塞進口中使勁地咬。

然而，福爾摩斯只是咀嚼了一下，就把咬碎了的大蒜吐出，放到老人的鼻孔下。

「福爾摩斯先生，這是……？」愛麗絲不明所以。

福爾摩斯狡黠地一笑，看一看在不遠處已被辣得呱呱叫的蘇格蘭場孖寶，輕聲地說：「大蒜的氣味刺鼻，讓老人聞一下，希望可以快點把他弄醒。」

「啊！原來你是作弄——」

「噓！別那麼大聲，讓他們聽見了就不好啦。」福爾摩斯咧嘴而笑。

這時，老人緩緩地張開眼睛，看來已完全甦醒過來了。

「他醒了。」華生說。

「哈！大蒜果然有效。」福爾摩斯笑道。

「先生，請問你叫什麼名字？為何在這個墓地走來走去？」華生向老人問道。

老人看了看華生，並沒有答話，只是輕輕地掙脫福爾摩斯，努力地站起來。李大猩和狐格森看到，馬上停止呱呱叫，萬分緊張地退後了幾步。

「要找個地方休息一下嗎？你的身體看來還很虛弱啊。」福爾摩斯向老人說。

老人沒理會，又像倒下前那樣，晃晃悠悠地往前走去。

「他……他不是吸血鬼嗎？怎會這樣的？」

李大猩待老人走遠了，才敢過來問道。

「看來只是個精神有問題的流浪漢。」華生說，「村民看到他在墓地出沒，就誤以為他是吸血鬼了。」

「唔……也許是吧。不過，他一定不是住在附近的人，否則村民們應該認得他，不會以為他是吸血鬼。」福爾摩斯說。

「那怎辦？由得他離開嗎？」愛麗絲問。

「這可不好啊，他走路已腳步浮浮，沒人照顧的話，可能很快又會倒下來，說不定還會死在這裏。」傑克擔心地說。

「對，看他的狀態，應該支持不了多少天。」福爾摩斯說，「我們跟着他吧，看看他會到哪裏去。」

在福爾摩斯領頭下，眾人跟在老人後面，按着老人**一拐一拐**的速度緩慢地前進。老人全不在意被人跟蹤，只是自顧自地**踽踽獨行**。

當然，他或許根本就不知道有人在後面跟着。

老人穿過墓地，走到一片殘垣斷壁的廢墟之中，然後在一個破爛不堪的門口前面停下來。

「他停下來了，要幹什麼呢？」華生問。

這時，老人已走進那門口，不見了身影。

眾人連忙跟上，當走到那門口一看，發現那是一個石室，看來原本是大宅中的一個房間，室內的四壁雖然已裂痕滿佈和到處都是藤蔓，

但結構尚算完整，可以擋擋風。但不知什麼緣故，石室的中間堆着一堆高度及腰的**泥**。

老人在那堆泥的後方，只露出上半身。他低着頭，呆呆地看着下方，不知道在看什麼。

「**他在那堆泥後面幹什麼呢？**」華生覺得奇怪。

華生的話音剛落，老人突然彎下腰來，在那堆泥的後面消失了。

「唔？」福爾摩斯眉頭一皺，連忙走過去看。

當他走到那堆泥頭的後方時，突然「啊」的一聲，發出了驚呼。

「怎麼了？」華生等人甚為詫異，也趕緊走過去看。

一看之下，他們馬上就被眼前的情景嚇壞了。

那個老人，竟然蜷縮着雙腿，坐在一個只有三四呎深的地穴之中！

「怎會這樣的……？」華生不敢相信自己的眼睛。

「他……他果然……已變成了吸血鬼啊！」李大猩全身顫抖。

「對……他……是回到自己的墓穴去啊。」狐格森雙腿發軟，幾乎站也站不穩了。

愛麗絲和傑克也被嚇怕了，連忙躲到福爾摩斯和華生身後。

「別胡說，他沒變成吸血鬼。」福爾摩斯一口否定，「傳說中的吸血鬼最怕陽光，你們沒看到嗎？那個地穴正好被夕陽照個正着，如果他是吸血鬼的話，又怎會坐在那裏。」

福爾摩斯說得沒錯，石室中有兩個窗口，夕陽透過其中一個窗口，正好照到那個地穴。

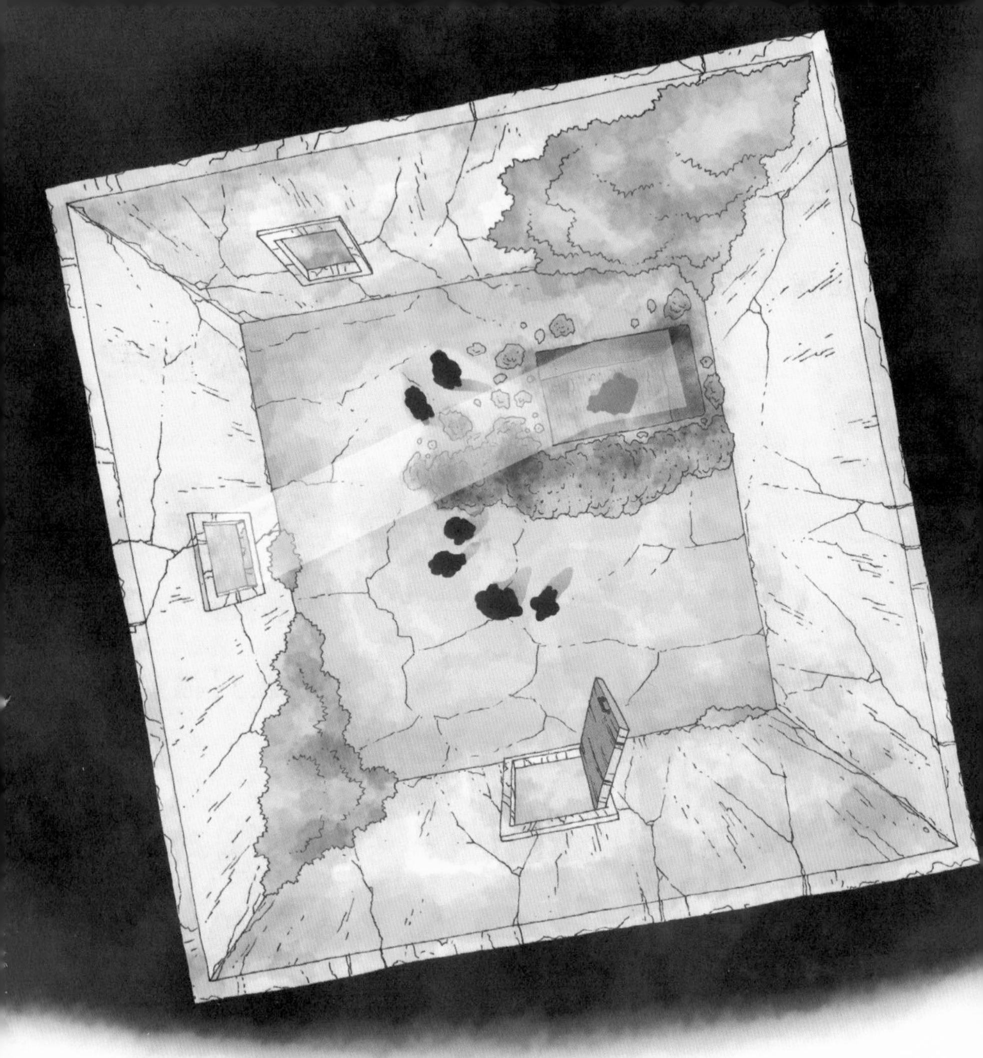

「咕嘟⋯⋯」李大猩吞了一口口水，「他可能仍未完全變身成為吸血鬼，所以不怕陽光？你們剛才不是看到嗎？他前臂有兩個**齒孔**呀。」

「哎呀，那兩個齒孔之間那麼狹窄，一看就知道不是吸血鬼咬的啦。」福爾摩斯沒好氣地說。

「對，那兩個只是蛇的齒孔，與吸血鬼無關。」華生補充。

「啊……難道是剛才那條草蛇咬的？」愛麗絲問。

「多半是。」福爾摩斯答道。

這時，老人背靠穴壁，已閉上了眼睛，簡直就跟靠在沙發上閉目養神沒有兩樣。

福爾摩斯走到那堆泥的旁邊，抓了把泥土看了看又嗅了嗅。

「怎麼了？那些泥有古怪嗎？」華生問。

「泥土的濕氣很重，證明這個地穴是新挖的，可能還不夠一個星期。」福爾摩斯說。

「這說明什麼？」華生問。

「說明它就算是一個墓穴，也只是個新穴。不過，看這個新穴的長度，連一副棺材都放不下，應該不是墓穴。」

「不是墓穴嗎？太好了。」李大猩舒了一口氣。

「可是，如果不是墓穴，又是什麼？」狐格森仍然懷疑，「除了吸血鬼外，什麼人會在這種地方挖一個地穴睡覺呢？」

啤酒瓶上的商標

「只有兩個可能，**一是老人自己挖的，二就是其他人挖的**。」福爾摩斯說，「不過，老人身體非常虛弱，看來沒有氣力挖出這個地穴。」

「這麼說來，地穴就是其他人挖出來的了。」華生說。

「但為什麼要在這裏挖一個地穴呢？」愛麗絲問。

福爾摩斯沒有回答，轉過頭去向傑克問道：「你認為怎樣？如果換了是你，你需要挖一

個地穴，最合理的原因是什麼？」華生知道，福爾摩斯是想借此機會讓傑克動動腦筋，鍛煉一下邏輯思考能力。

「這個嘛……」傑克想了想，「最合理的原因，是我以為地下有寶藏，要挖開來尋寶，就像盜墓者要挖開墓穴偷陪葬品那樣。」

「有道理，還有呢？」

「我知道！」愛麗絲搶道，「除了尋寶外，也可以是為了挖一個洞來埋藏一些東西，就像盜賊要把賊贓收藏起來一樣。」

「嘿嘿嘿，有見地。雖然與傑克的推論相反，但也補充了傑克的不足。」福爾摩斯說，「人們看到一種現象時，往往只會看那個現

象的**正面**，而忽略了它的**背面**。『**挖**』的正面是『**揭露**、**找尋**』，但背面卻可以是把『**挖**』起來的東西——譬如泥——覆蓋下去，達到『**掩飾**、**埋藏**』的目的。」

「如果是找尋的話，找什麼東西呢？」李大猩問。

「不知道。」福爾摩斯說，「但可以排除**盜墓**的可能性，因為正如剛才所說那樣，這個地穴太細小，不像一個墓穴。而且，除了教堂之外，墓穴也很少建在室內。」

「那麼，這個地穴可能是用來**埋藏**東西的了。」狐格森說。

「但看來不像啊。」華生提出異議，「如果是用來埋藏東西的話，地穴應該已被泥**填滿**，根本不會像現在這個樣子啊。」

「有道理。」福爾摩斯說，「所以，我估計挖穴者本來是想**埋藏**一些東西的，但後來因為某種緣故**放棄**了，於是留下了被挖開的地穴，沒有用泥把它填好。」

「你說的某種緣故，會是什麼**緣故**呢？」李大猩問。

「現在還不知道，可能與那個**老人**有關吧。」

「為什麼這樣說？」狐格森問。

「因為**時間吻合**。」福爾摩斯答道，「這個地穴是這幾天才挖出來的新穴，而根據村民目擊吸血鬼的**證言**，老人也只是這幾天才在附近出沒。就是說，地穴和老人幾乎是同時在這裏出現，而老人又主動走進地穴中睡覺，不太可能是偶然。」

「其實……我剛才就一直在想，**這位老伯伯為什麼會走進一個地穴中睡覺呢？**」傑克說，「這樣睡覺一點也不舒服啊。」

「問得好！」福爾摩斯讚道，「我也在思考這個問題。而且，我相信只要找出這個問題的答案，也許能知道**挖穴者**

是誰，和那個人究竟想埋藏什麼了。」

「但人海茫茫，怎樣找啊？」愛麗絲問。

「還用問嗎？」福爾摩斯指着地穴中的老人說，「當然是從他身上找啦。」

說完，福爾摩斯跳下地穴，對仍閉着雙眼的老人說：「老先生，我要看看你的口袋，可以嗎？」但老人全無反應，彷彿完全聽不到福爾摩斯在說話。

福爾摩斯沒有辦法，只好逕自把手伸進老人的口袋中搜查，可是什麼也找不到。之後，他又悄悄地打開老人的布袋，看看

裏面有什麼。

「怎樣？找到什麼東西嗎？」華生問。

「只有這兩樣東西。」福爾摩斯說着，從布袋中掏出一個**啤酒瓶**和一條**小圓木**。

華生接過小圓木，仔細地看了一下，說：「這條小圓木由胡桃木製成，從上面的雕刻看來，應該是一件**傢具的部件**。」

「那麼，啤酒瓶呢？」狐格森問。

「看來只是一個普通的啤酒瓶，你拿去看看。」華生說。

「裏面沒有酒呢。」狐格森接過酒瓶，把它舉到眼前看了一下，然後又拔出**木塞**，把瓶口放在鼻孔下使勁地嗅，「唔……沒有酒的氣味，看來是用來盛水的**空瓶**。」

「這麼說的話，是不是什麼線索也沒有？」傑克有點失望地問。

「嘿嘿嘿，還沒看清楚，不要這麼快下判斷啊。」福爾摩斯說着，把睡得沉沉的老人扛在肩上，抬出了地穴。

「瓶子**空空如也**，難道還能找出什麼線索嗎？」李大猩問。

福爾摩斯把老人輕輕地放在牆邊後，提醒道：「我不是說瓶內，而是**瓶外**。你們仔細看看瓶身上的**商標**，上面不是有很多線索嗎？」

李大猩看了看瓶身上的商標，不明所以地嘟噥：「只是印着啤酒的**牌子**、**酒精濃度**、**生產日期**和一個『**00138**』的號碼罷了，哪有什麼線索？」

「嘿嘿嘿，除了酒精濃度外，其他都是重要

線索啊。」福爾摩斯狡黠地一笑，「看不出來嗎？」

說完，福爾摩斯指着瓶身上的**商標**，逐一指出當中的含意。

① 商標上的牌子是「湯瑪斯」，湯瑪斯啤酒廠是一家家庭式啤酒廠，銷售地區只局限於湯瑪斯鎮和它的周邊地區，那兒距離這裏大約100哩。就是說，如果這個瓶子是老人從湯瑪斯鎮帶來的話，那麼，他很可能是從那個小鎮來的。

② 商標上的生產日期是1896年9月，即是本月生產的，顯示這個瓶子非常新。這點很重要，如果瓶子舊，就有機會由湯瑪斯鎮流傳到別的地方去，沒法證明老人在哪裏得到這個瓶子了。

③ 那個「00138」的五位數字號碼是出廠記錄。

「福爾摩斯先生的知識好豐富啊！」愛麗絲驚歎，「一看瓶上的**商標**就知道啤酒廠在哪裏。」

「他有**收集癖**，除了郵票、火柴盒和煙絲之外，還收集了很多啤酒和威士忌的商標，足足有過千款，所以對啤酒的**產地**很清楚。」華生笑道。

看到福爾摩斯這麼厲害，李大猩很不爽：「哼！你們沒看到嗎？老人的**衣服**那麼破舊，顯示他已流浪了一段很長時間，就算知道他曾到過湯瑪斯鎮，也不一定能查出他的**身份**呀。」

「有道理。」福爾摩斯道，「他的衣服不僅**殘舊破爛**，而且還**佈滿污垢**，看來他已

有一段時日沒更換衣服和洗澡了，這證明他不是剛離家出走或走失的人。」

「嘿嘿嘿，看！我的觀察力也不賴吧？」難得扳回一局，李大猩不禁自鳴得意。

「不過……」福爾摩斯一頓，指着老人的鞋說，「他的鞋看來比較新淨，與他身上的衣服並不相襯呢。」

「這——」李大猩頓時語塞，但他想了一下，馬上又找到反駁的論據，「哈！我想到了，那對鞋是他剛在街上撿到的，所以穿在腳上顯得比衣服要新淨。」

「但那對短襪呢？又怎樣解釋？」福爾摩斯說，「那對襪子看來也比較新淨啊，難道他在街上又剛好撿到一對襪？」

「那對短襪只露出一點點，你怎知道比較新淨？」李大猩不忿地說。

「不用爭辯呀，脫下來看看不就知道了嗎？」愛麗絲說着，就走過去為老人脫鞋。

老人的鞋帶打了個蝴蝶結，愛麗絲輕輕一拉，就拉開了。然後，她生怕弄醒老人似的，輕手輕腳地把老人的鞋子脫下。

福爾摩斯在旁看着愛麗絲解鞋帶，忽然眼前一亮，好像發現了什麼。

鞋帶中的真相

愛麗絲檢查了一下，說：「襪子不太髒，比他的衣服清潔多了。」

「把襪子脫下來看看。」福爾摩斯說。

「好的。」愛麗絲輕手輕腳地把老人的襪子脫掉。

「唔？老人的腳沾滿了**污垢**，好髒啊。」華生說，「看來他已好幾個月都沒有洗腳了。」

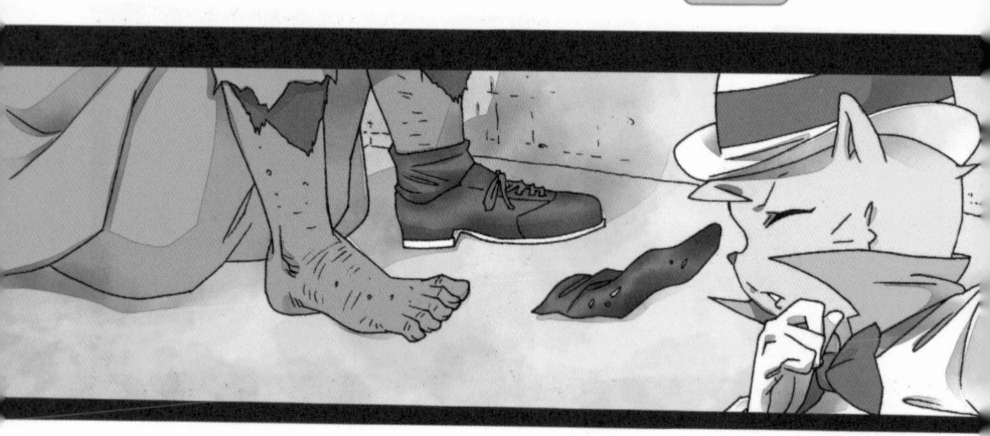

福爾摩斯蹲下，他並不介意那隻髒得發臭

的腳，還一邊檢視**襪子**和老人的**腳**一邊說：「襪子比腳要乾淨，只是沾了一些**木碎**似的東西，這說明老人的腳髒了很久，之後又沒有洗腳就穿上了比較新淨的襪子。而且，看襪子的乾淨程度，應該只是穿了**兩三天**。」

「這不能證明什麼啊。」李大猩仍努力爭辯，「老人撿到**鞋子**的同時又撿到**襪子**，然後把它們穿到腳上，不就這麼簡單嗎？要知道，很多人丟東西時，都喜歡把**同類的東西**一起丟掉。」

「鞋子和襪子應該不同吧……」傑克有點害怕李大猩，但仍**戰戰兢兢**地指出，「我看媽媽丟鞋子時，會把不同款式的舊鞋子扔掉，但很少會把襪子也一起扔掉的。」

「**對！**」愛麗絲附和，「在清理舊衣服時，才會把舊的襪子一起扔掉。」

「你們兩人的分析力很不錯呢。」福爾摩斯誇獎，「鞋襪看起來屬於同類的東西，其實本質並不一樣。**第一，材料不同。**鞋子多由皮革製成，但襪子卻以布製為主。**第二，收藏的地方也不同。**鞋子多放在鞋櫃和近門口的地方，但襪子則多和衣服一起放在衣櫃裏。一般人在清理物品時，都傾向清理放在**同一個地方**的東西。」

「這麼說來……老人同時撿到鞋襪的機會並

不大呢。」華生想了想說，「要是有人送給他呢？那就可解釋他為何同時換上襪子和鞋子了。」

「哎呀，什麼鞋子襪子的，說了那麼多又有什麼用？能憑這些線索查出他的身份嗎？」狐格森不耐煩地說。

「不敢說一定能，但掌握了這些線索，能查出的機會就大很多了。」福爾摩斯說，「因為華生說得對，鞋襪是有人送給老人的。不僅如此，還可能是在兩三天前，那個送鞋襪的人親自為老人穿到腳上去，並把他帶到這裏來的。」

「單憑鞋襪就能知道得這麼清楚？」狐格森充滿疑惑地問，「不會是瞎猜吧？」

「當然不是瞎猜。」福爾摩斯把他的論據一一道出。

「綜合以上幾點，可以斷定老人的**鞋襪**來自別的地方。因為附近的村民對吸血鬼傳說**深信不疑**，他們看到老人時已很驚恐，不可能把鞋襪送給他，更不可能為他穿上鞋襪。」

福爾摩斯分析，「所以，鞋襪應該是老人來到這個廢墟之前已被人換上的，而這個人**十居其九**也認識老人，因為一個陌生人不會為又髒又臭的流浪漢穿鞋子和襪子。由此推論，老人可能是這個人從外地帶來這裏的，因為老人**體虛力弱**，不可能獨自**長途跋涉**來到這裏。

而那個『外地』，從啤酒瓶的來源推測，或許就是100哩外的**湯瑪斯鎮**了。」

「唔……分析得很有道理。」華生想了想，「但你怎能從**鞋帶的綁法**就知道不是老人他自己綁，而是有人為他綁的呢？」

「嘿嘿嘿，你沒看到嗎？」福爾摩斯狡黠地一笑，「老人是以**右肩**揹着布袋，這是右撇子的習慣。此外，剛才我餵老人喝水時，他用**右手**抓着水壺，這也顯示他是右撇子。如果鞋帶是老人自己綁的，那麼，從老人的角度看（鞋尖向外），鞋帶搭在上面的小圈應該在**右方**，而從我們的角度看（鞋尖向我們），那個小圈就應該在**左方**。這是右撇子綁這種蝴蝶結的習慣。可是，現在那個小圈卻在我們的**右方**，**這證明老人的鞋帶是有人站在他的對面為他綁的。**」

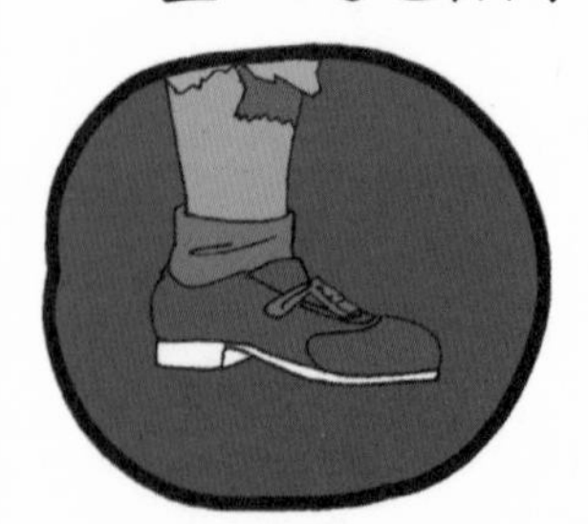

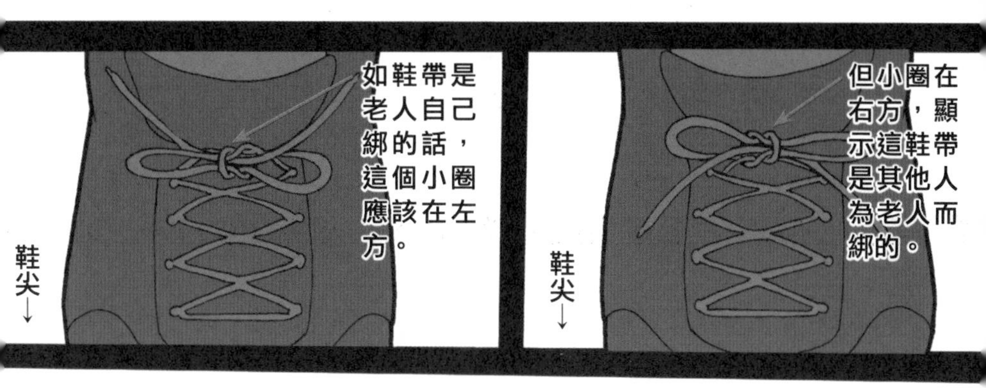

「福爾摩斯先生好厲害啊！」愛麗絲興奮地說，「我為老伯伯解鞋帶時，完全沒有注意到這點啊！」

「呀！那是什麼？好像是一枝蠟燭啊。」傑克突然指着地穴下方說。

「啊，一定是老人剛才坐着時遮蓋了，當我把他扛離地穴後，蠟燭就露出來。」福爾摩斯說着，再次跳到地穴中。他撿起那枝蠟燭看了看，然後又掏出放大鏡，在蠟燭掉下的地方仔細地檢查。

「怎麼了？有發現嗎？」華生問。

「有，地上有幾滴蠟，看來是蠟燭掉下時濺出來的。」

「這麼說來，蠟燭掉下時是仍點着的？」傑克問。

「也可能是有人把蠟燭吹熄後，未待蠟燭頭上的蠟凝固就把它扔下來了。」福爾摩斯說。

「啊！我明白了！」愛麗絲興奮地說，「有人在挖這個地穴時點着了這枝蠟燭，走的時候隨手就把蠟燭丟到地穴中去，那幾滴蠟就是那個時候濺出來的！」

「嘿嘿嘿，分析得很到位呢。」福爾摩斯笑

道，「不過，這枝蠟燭還可讓我們知道，點蠟燭的人離開這裏時是**夜晚**，因為白天並不需要點蠟燭嘛。所以，那人來這裏一定有**不可告人**的目的，因為只有害怕在白天被人看見，才會**鬼鬼祟祟**地在夜晚來這種常常鬧鬼的地方。」

「有道理。」華生說，「可是，從目前找到的線索看來，全部都難以**連接**起來呢。」

「真的是這樣嗎？」福爾摩斯說着，從記事簿中撕下一張紙，繪畫了一個圖表，記下了已找到的**線索之間的關係**。

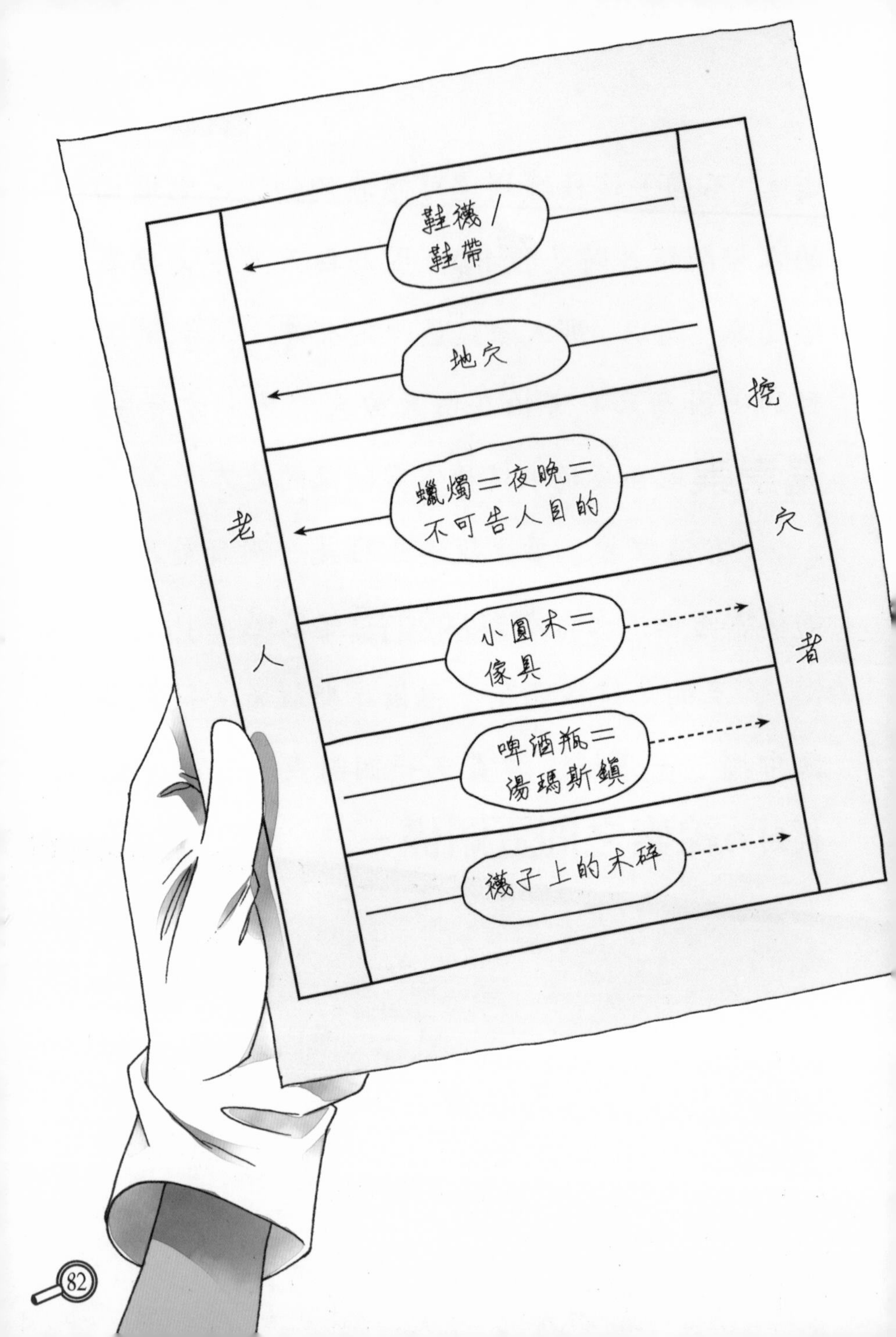

鞋襪/
鞋帶
地穴
蠟燭＝夜晚＝
不可告人目的
小圓木＝
傢具
啤酒瓶＝
湯瑪斯鎮
襪子上的木碎
老人
挖穴者

「你們看這個表，老人與挖穴者之間的東西就是我們目前找到的線索。實線所示的箭咀，表示可以把老人與挖穴者連繫起來。按順序是，挖穴者為老人穿上『鞋襪』和綁上『鞋帶』，然後帶老人來到這裏，並挖了『地穴』。他挖地穴時是夜晚，因而要點着『蠟燭』照明。雖然，我們還未知道挖穴者帶老人來這裏和挖地穴的原因，但知道他有不可告人的目的。」福爾摩斯逐一分析，「虛線箭咀表示，雖然從老人身上找到了小圓木、啤酒瓶和襪子上的木碎，但仍未能把它們連繫上挖穴者。但反過來看的話，我們只須搞清楚這三種東西與挖穴者的關係，就能知道那個神秘挖穴者的真正身份了。」

「原來如此。」華生說，「這麼說的話，我

們下一步就是去湯瑪斯鎮了？」

「當然啦！我們要去當地的警察局問一下，看看有沒有**失蹤人口**的報告。」為了挽回面子，李大猩馬上搶道。

「這個提議很好，但快天黑了，弗格臣先生還等着我們回去吃晚飯，明天才去湯瑪斯鎮吧。」福爾摩斯說。

「對。」華生同意，「而且還要先找個地方**安頓**好老人，好讓我為他詳細地**診視**一下。」

「好啊！去我家吧。」傑克興奮地說，「反正有客房，爸爸一定不會反對。」

湯瑪斯鎮

一宿無話。

次日，福爾摩斯別過弗格臣夫婦後，帶着老人，與華生、李大猩、狐格森、愛麗絲和傑克一起，乘坐馬車往湯瑪斯鎮進發。

在馬車上，華生向眾人報告了老人的健康狀況。原來，昨晚華生為老人**更衣**和**洗澡**時，

發現老人的屁股和背部都長了不少膿瘡，牙齒也差不多掉光了，腿部肌肉則萎縮得很厲害，看來平時很少走路。此外，他還發現老人的認知能力很差，看來是患了嚴重的老人痴呆症。

「原來他患了這種病，怪不得完全不理睬我們，只是自顧自地行動啦。」福爾摩斯說。

「這種病的患者，大多只會記得年輕時的一些事情，但對越近的事情就越不記得。」華生解釋，「所以，你向他問話，就像對牛彈琴，往往不得要領。病情重的患者，甚至會連自己是誰、兒女叫什麼名字、住在什麼地方也搞不清楚。不過，患者的病情也會反復，有時又會忽然記起一些事情，就像沒有患病一樣。」

「希望他突然恢復記憶，能夠說出自己的名字啦。」李大猩說，「如果他是湯瑪斯鎮的

居民或流浪漢，只要有**姓名**，相信到警察局一查，就能查出他的身份了。」

經過半天的旅程，一行人來到湯瑪斯鎮。可惜的是，當地警方最近並無接到老人或流浪漢失蹤的**報告**，加上老人對警察的查問全無反應，他的身份依然是個**謎**。

「什麼也查不到，想不到在這裏就斷了線。」離開警察局後，狐格森有點喪氣地說。

「不，還未斷線。」福爾摩斯成竹在胸，「我們還有那個啤酒瓶呀。」

「你指瓶上的商標嗎？它已把我們帶來了這裏，難道還有其他線索嗎？」華生訝異地問。

「當然還有。」福爾摩斯說，「記得那個出廠號碼『00138』嗎？通過那號碼，可到啤酒廠查一查那瓶啤酒被批發到哪一家店子，或許就能找到買啤酒的人，從而追蹤到老人的身份了。」

果然不出大偵探所料，他們到啤酒廠問了一下，通過廠方的批發記錄，輕易就找到銷售那瓶啤酒的店子了。

「這確實是敝店賣出的啤酒。」店子老闆翻看了一下**入貨記錄**，再對照一下那個啤酒瓶的**編號**，非常肯定地說。

「你記得這瓶啤酒是**賣給誰**的嗎？」狐格森問。

「哎呀，這個怎會記得。」老闆苦笑，「我不會為每個客人買了什麼作記錄啊。」

「說得也是。」福爾摩斯點點頭，然後指着站在店外的**老人**說，「不過，你認不認得那位老人，他是附近的居民嗎？」

老闆看了看，搖搖頭說：「從沒見過，如果他是附近的居民，我一定認得。」

福爾摩斯想了想，再問：「那麼，附近有沒有**製造傢具的工場**呢？」

老闆想也不想就答道：「有呀。」

福爾摩斯眼前一亮，再追問：「工場的人最近有沒有來買過啤酒？」

「這個嘛……」老闆不停撓頭，「好像有吧……那家工場的老闆常來**買酒**，但最近有沒

有來過呢……？」

「想不起也沒關係，那家工場在哪裏？叫什麼名字？」

「叫古奇傢具店，工場在店內，老闆名叫**迪夫・古奇**，走路五分鐘就可去到。」老闆在紙上寫下了地址，「但那傢具店的老闆娘**尖酸刻薄**，是這附近出了名的**潑婦**，街坊都怕了她，也沒有工人肯為他們打工，我勸你們還是不要光顧了。」

「是嗎？謝謝你的提醒。」

福爾摩斯當然不會理會這個**忠告**，他謝過小店老闆後，馬上率眾人往那傢具店走去。

「福爾摩斯先生，你去找傢具店，是否因為在老伯伯的布袋裏找到的那條**小圓木**？」愛

愛麗絲邊走邊問，「我記得華生醫生說過，那看來是一件傢具的部件。」

「嘿嘿嘿，你的記性不錯呢。沒錯，那條小圓木是**關鍵**。」福爾摩斯別有意味地笑道，「不過，還有**其他原因**令我想起傢具店呢。」

「什麼原因？」傑克好奇地問。

「嘿嘿嘿，去到就知道了。」

不一刻，福爾摩斯、蘇格蘭場孖寶、傑克和愛麗絲五人已來到了傢具店的門口。華生為了照顧走得慢的老人，仍遠遠地落在後面。

「我和愛麗絲先進去探聽一下，以免**打草驚蛇**。」福爾摩斯吩咐道，「待時機成熟後，再叫你們進來。」

說完，他在愛麗絲耳邊輕聲地嘀咕了幾句，就帶着她走進店中，高聲說要找老闆。

一個略為**駝背**的中年男人聞聲步出，他身後則跟着一個樣子潑辣的中年婦人。不用說，兩人就是古奇夫婦了。

古奇弓腰搓手，以**諂媚奉承**的語氣問道：「嘻嘻嘻，先生，想買傢具嗎？本店有現成的，也可以訂造啊。」

福爾摩斯面帶微笑地說：「啊，你是古奇先生吧？是朋友介紹我和女兒來訂造一套傢具

的，還想用這個來作裝飾。」說着，他從口袋中掏出那條**小圓木**。

「我和爸爸都很喜歡這種**裝飾**，可以用到傢具上嗎？」愛麗絲把小圓木遞到古奇面前說。當然，兩人是在合演**父女**，以免對方起疑心。

古奇接過小圓木看了看，說：「啊，這個嗎？是常用在**椅背上的部件**，這裏剛好有一張也用上了，要不要看看？」

「太好了，我要看！」愛麗絲揚聲道。

古奇走到一張木椅旁，說：「看，就是這張，椅背上用的就是這種小圓木。」

福爾摩斯走過去摸摸那椅背，欣賞地說：「看來是一模一樣呢，連木質和長短都差不多。」

古奇太太以為福爾摩斯有買下的意思，馬上走了過來推銷：「你們父女喜歡的話，可以算便宜一點啊。」

「是嗎？那太好了。」福爾摩斯說着，裝作檢視椅腳似的，故意蹲下來，以背脊阻擋古奇夫婦兩人的視線，悄悄地在地上撿了一些**木碎**嗅了嗅。

愛麗絲瞥見大偵探的這個小動作時，心中才猛然醒悟：「啊！木碎！老人的**襪子**上不是也黏着一些木碎嗎？除了那條小圓木外，福爾摩斯先生一定是因為襪子上的木碎，才聯想到傢

具工場的！這樣的話，線索表上的那兩條**虛線**就會變成**實線**，把挖穴者和老人連接起來了！」

當想到這裏時，福爾摩斯已站起來了。然而，愛麗絲迅即察覺他的視線突然停在一張**書桌**上，好像發現了什麼重要的東西。

愛麗絲連忙循他的視線看去，可是，那只是一張**平平無奇**的木製書桌，而且線索表上也沒有與書桌有關的東西，究竟有什麼值得福爾

摩斯先生**大驚小怪**呢？

這時，愛麗絲並不知道，眼前那張平凡的書桌，不但揭露了老人與傢具店的關係，還揭出一宗連福爾摩斯也從沒想過的**人間悲劇**！

書桌的秘密

福爾摩斯的眼底閃過一下一瞬即逝的**凌厲光芒**，他指着書桌抽屜上的**小孔**，裝作若無其事地問道：「唔？這個抽屜上的小孔開得好特別呢，正好開在**節眼**的位置上。」

「嘻嘻嘻，那小孔嗎？先生真識貨呢。小孔是用來安裝**鎖頭**的，開在木板的**節眼**上比較好看。而且，書桌用的是產自巴西的四阿拉黃檀

木，很名貴的啊。」古奇積極推銷，「這張已給客人訂了，如果你也想要，我可以再造一張。」

「真的嗎？我好想要呢。」福爾摩斯很感興趣似的說，「但我得問問待在外面的朋友，看看他們是否也覺得**物有所值**。」說完，他向愛麗絲遞了個**眼色**，愛麗絲意會，馬上出去叫人。

「外面的朋友？你還有朋友在外面嗎？」古奇夫婦感到奇怪，仍在**狐疑**之際，只見李大猩和狐格森已伴着老人走進來了。

當那個老人顫巍巍地踏進門口時，剎那之間，古奇夫婦彷如遭到出其不意的雷擊似的，臉上閃現出極度的惶恐！

「嘿嘿嘿，感到意外嗎？你們應該認識那位老人家吧？」福爾摩斯一句平淡無奇的說話，已像一把尖利的匕首，一下戳向對方的心臟。

「別……別開玩笑了，他……他是誰？我……從沒見過他……我怎……怎會認識

他……」可能太過震驚了，古奇已驚恐得說話也**結結巴巴**。

「對！別亂說！」古奇太太比丈夫機警，她為了掩飾恐慌，不期然地提高了嗓門，**斬釘截鐵**地道，「我們不認識他！」

「不認識嗎？」福爾摩斯冷然一笑，施施然地說，「華生，把瓶子拿來。」

「瓶子嗎？在這裏。」華生連忙從布袋中取出**啤酒瓶**遞上。

福爾摩斯**不慌不忙**地接過瓶子，把它遞到古奇夫婦眼前，冷冷地問：「如果你們不認

識那位老人家的話，你家的啤酒瓶又怎會在老人家的手上呢？」

古奇一看到那啤酒瓶，臉色驟然刷白，不期然地退後了兩步，額頭上已冷汗直冒。

古奇太太驚訝地看一看丈夫，似乎並不知道啤酒瓶的含意，但看到丈夫那麼驚慌，已察覺到瓶子一定對自己不利，於是兇巴巴地搶道：「什麼啤酒瓶？那不是我們的！」

「真的？」福爾摩斯沒理會古奇太太，只是向古奇逼近一步，以不容辯駁的語氣質問。

「真……真的不是……不是我們的……」古奇**期期艾艾**地說。

「嘿嘿嘿，只是一個普通的啤酒瓶罷了，何須那麼驚慌地否認？」

「哈……哈……哈……我……我沒驚慌呀……」古奇聽到大偵探這麼說，只好強裝鎮靜，「我……我只是不明白你在說什麼罷了。」

「那兩位是**蘇格蘭場**的警探，你們在警探面前可不能說謊啊。」福爾摩斯揚手介紹了一下李大猩和狐格森，然後以嚴峻的語氣問，「**我再問一次，這個啤酒瓶真的不是你們的？**」

場中各人都知道，福爾摩斯搬出蘇格蘭場警探，是為了增加**威懾力**，意圖一舉攻下古奇夫婦已**瀕臨崩潰**的城郭。

李大猩和狐格森雖然並不明白一個空瓶子有何意義，但難得福爾摩斯給他們一個顯示**威風**的機會，也樂得配合演出，齊聲喊話：「**快說！是不是你們的？**」

果然，古奇被這一招嚇倒了，他雙腿一軟，幾乎連站也站不穩了。

古奇太太看勢頭不對，馬上顯露潑婦本色，高聲罵道：「警探又怎樣？我們沒犯法呀！難道拿一個啤酒瓶來就可以在我們頭上加上莫須有的罪名嗎？總之，那啤酒瓶不是我們的！」

「是嗎？」福爾摩斯一頓，以炯炯有神的目光直盯着兩人。

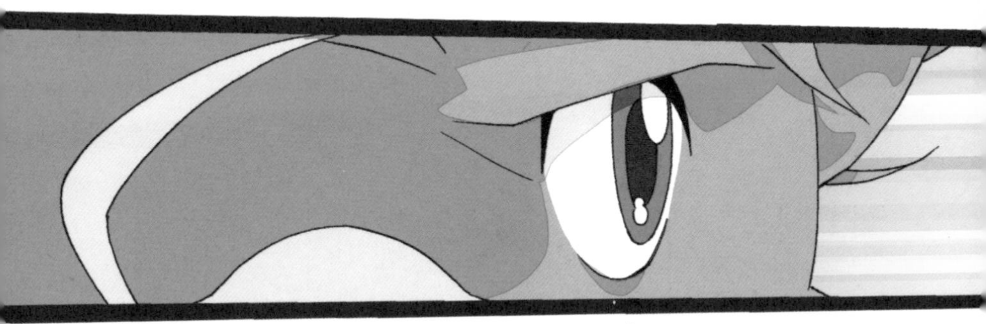

只僵持了幾秒，突然，「嘣」的一聲，福

爾摩斯拔出瓶口的木塞，說：「啤酒瓶不認得，這個總會認得吧？」

他把**木塞**舉到古奇的眼前一揚，然後突然一個急轉身，把它塞向抽屜上的**小孔**中。眾人仍在揣摸大偵探在搞什麼鬼時，那個木塞已被塞進去了。

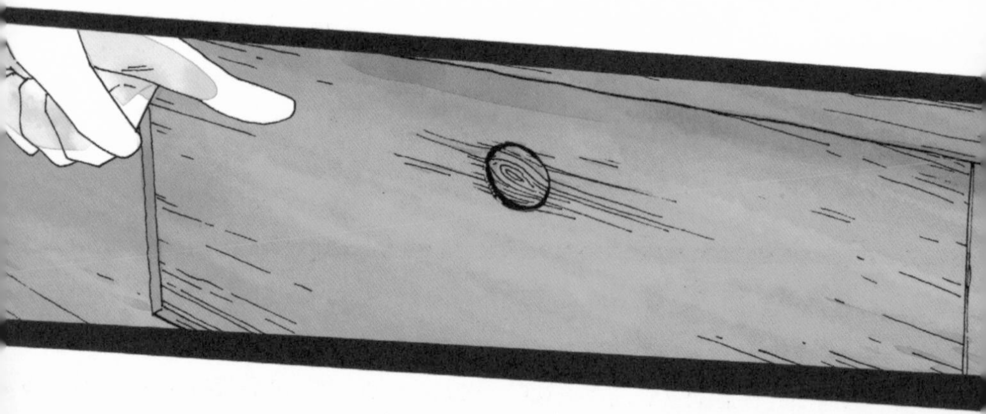

「啊！」華生和愛麗絲等人定睛一看，不約而同地發出驚呼。**木塞的紋理竟然跟抽屜的紋理天衣無縫地結合在一起！**

那個木塞，原來是從抽屜板上戳下來的**活節**！樹木的**紋理**就像人的**指紋**一樣各不相同，如果能把木塞完美地嵌上木板的話，不用說，就能證明那木塞其實是那塊木板的活節。

「如果啤酒瓶不是來自你們家，為什麼這個抽屜的**活節**會跑到那位老人家的**啤酒瓶**上去呢？」福爾摩斯詰問。

古奇夫婦**張口結舌**地看着抽屜上的活節，完全說不出話來。

愛麗絲心想：「終於可以把線索表中最後一條**虛線**連接起來了！」

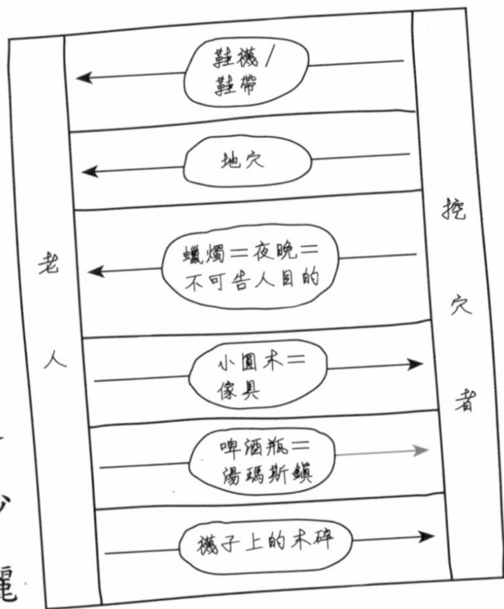

「**迪夫……**」這時，忽然響起了一個沙啞的聲音，打斷了愛麗絲的思路，她和眾人一樣，**不約而同**地找尋聲音的來源。

「**迪夫……我們走吧……**」原來是老人輕輕地拉着華生的手，正在催促。

「老伯伯，你說什麼？」老人**突如其來**開口說話，叫華生感到非常驚訝。

老人抬頭看着華生，又拉了一下華生的手，說：「**迪夫，我們走吧。**」

「**迪夫？**」福爾摩斯猛然醒悟，立即望向古奇。啤酒店老闆不是說過，傢具店的老闆名叫「**迪夫・古奇**」嗎？

古奇聽到老人說出這個名字時，整個人僵硬當場。古奇太太也嚇得**臉色刷白**，她一定沒料到在這個關鍵時刻，老人竟說出了自己丈夫的名字。

「**迪夫，我們走吧。**」老人又再拉了一下華生，催促道。

「**爸爸……爸爸！**」古奇撲到老人膝下，崩潰似的痛哭起來，「嗚嗚嗚……嗚嗚嗚……迪夫在這裏！我才是迪夫！我才是迪夫啊……你……原諒我吧……你原諒我吧……」

沒想到古奇會突然作出這個舉動，眾人都感到非常意外。看來，古奇的良知仍未完全泯滅，當他聽到父親呼喚自己的名字時，沉睡於內心的人性也被喚醒了。

水落石出

經過深入審問後，終於水落石出。原來，老人是古奇的父親，本來由女兒——即古奇的姐姐——照顧，五年前女兒因病身故，兒子古奇只好把他接回家。但老人患了痴呆症，常常大小便失禁，自私自利的古奇太太一直不肯照顧老人，還因此常常責罵古奇為她帶來麻煩。

古奇在太太的壓力下，五年來一直把老父關在工場內一個狹小的地穴中，像養豬般圈養着他。所以，附近的居民都不知道老人的存在。

這個多月來，老人的身體越來越虛弱。三天前，他更躺在地穴中奄奄一息，古奇太太

以為老人快將病死，想儘快把他弄走。可是，她又不敢把老人送到醫院去，因為事情一旦曝光，自己兩夫妻必定會被控告虐待老人，說不定還會因此坐牢。

為免罪行曝光，她強迫古奇把老父像垃圾一樣丟棄。本來，古奇是不願意這樣做的，但受不了惡妻的壓力，同時也怕被警方控告，於是就選了德古拉伯爵大宅的廢墟作為遺棄地點，因為他知道那兒常常鬧鬼，挖個地穴把老父埋葬了也不會被人發現。

狠下決心後，他就為老父穿上鞋襪，隨手

拿了個空瓶盛水以便在路上飲用，然後駕馬車把他帶到那個廢墟。可是，當他找到一個石室，挖好地穴正想把老父埋葬時，卻聽到有人聲走近，大驚之下只好吹熄蠟燭，丟下老父急急逃走，連自己帶去的布袋和啤酒瓶也沒拿走。

可是，他沒想到的是，老父竟然沒有死去，還被村民以為是吸血鬼出沒。

「我丟下父親逃走後……其實心裏鬆了一口氣，因為……我知道他還未斷氣，把他埋葬等同親手殺死他。」古奇虛脫似的斷斷續續地告白，「我……我其實下不了手……畢竟……他……他是我的父親啊……」

古奇心中雖然不安，但以為一走了之，就可忘記惡夢。但沒想到，他用啤酒瓶盛水時，隨手在工場撿來的**木塞**（活節），竟成了關鍵的證物。

「那條小圓木，一定是爸爸在工場中隨手拿走的。」古奇沒神沒氣地推測，「當時，我正在製作木椅，做了幾條用於椅背的小圓木，後來發覺少了一條，相信就是那一條。」

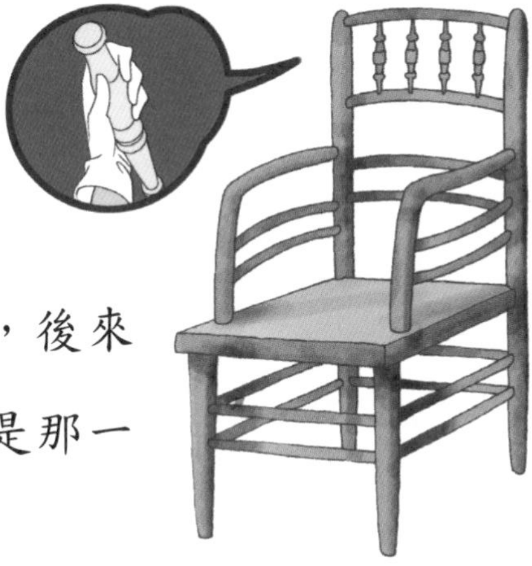

古奇夫婦在坦白交待一切後，雙雙被控**意圖謀殺**。而老人則被送到老人院去，終於有一個可以**安享晚年**的地方了。

「老人被遺棄在**廢墟**後，不知怎的醒過來了，並一直在墓地附近徘徊。由於他已習慣了被關在地穴中生活，當累了，就不期然地走回**地穴**中去休息。」福爾摩斯說，「當初我想不通**地穴**如何把**老人**和**挖穴者**連繫起來，聽到古奇的自白後才明白，原來地穴要埋藏的竟是一個**活生生**的人。」

「是啊，有誰會想到人會做出這麼殘忍的事呢。」華生說，「但話說回來，老人把我喚作『**迪夫**』時，真的嚇了我一跳啊。不過後來細想，很多**痴呆老人**都會認錯人，他把我當作兒子，並不出奇呢。」

「是的。」福爾摩斯點點頭，深有感觸地說，「但我總覺得他並不完全痴呆，因為

他沒有誤認其他人是兒子，只把你認作兒子是有原因的。你為他**更衣沐浴**，又為他醫治背上的膿瘡，只有親兒子才會這樣**無微不至**地照顧老人啊。他一定感覺到你是個好人，所以才把你當作親兒子呢。」

「或許是吧。」華生慨歎，「但我相信老人

還是想真正的**親兒子**照顧自己的，否則，他又怎會呼喚兒子的名字呢？所以，古奇把患病的老父丟棄，實在太不孝了。父母**含辛茹苦**地把兒女養大，當父母老了，做兒女的也要負起**照顧父母**的責任才對啊！」

植物小知識

樹木的活節和死節

我們在木板製成的傢具中，常會看到一個個像眼睛似的木紋（圖1）。其實，這是樹枝在樹幹上留下的痕跡，稱之為「節眼」。不過，節眼又分活節和死節。活節是由活生生的樹枝留下的，反之，死節則是已死的樹枝留下的。你可能會問，已死的樹枝還會留在樹上嗎？沒錯，有時樹枝雖然已死，但仍會留在樹幹中，當樹幹一層一層不斷成長，變得越來越粗，就會把死去的樹枝包在樹幹中。當人們把樹砍下製成木板時，才會以死節的形態呈現眼前。

如活節沒有乾燥爆裂，製作傢具時可以保留，因為節眼形成的紋理非常漂亮，可令傢具的觀賞性大增。但死節由於容易剝落和爆裂，故製作傢具時必須打掉，並以木條堵塞留下的洞。所以，死節多的木材賣不起價錢，也不受木匠的歡迎呢。如你的家中有木製傢具，可以找找傢具上的節眼，看看哪些是活節、哪些是死節呢！

在木椅的扶手上，可清楚看到樹枝被切斷後留下的活節。

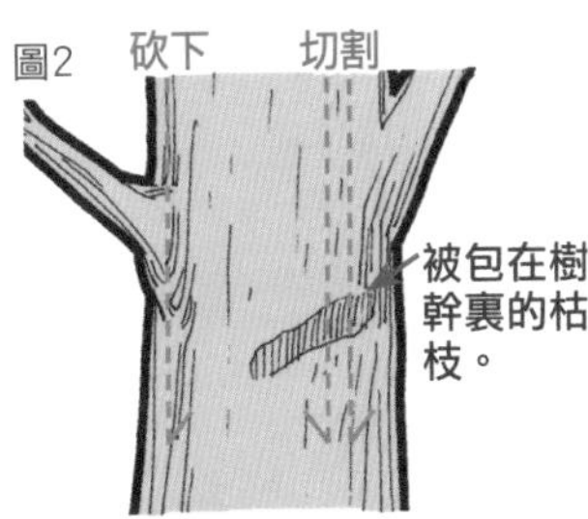

砍下樹幹上的樹枝後，可看到活節（圖3）。把包着枯枝的樹幹切割成木板後，可看到死節（圖4）。

像眼睛似的留在木板中的活節，由於紋理漂亮，通常會保留下來。

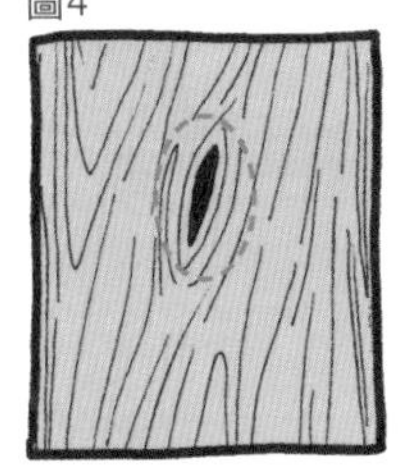

留在木板中的死節容易剝落和爆裂，故必須打掉。

鞋帶①

叮

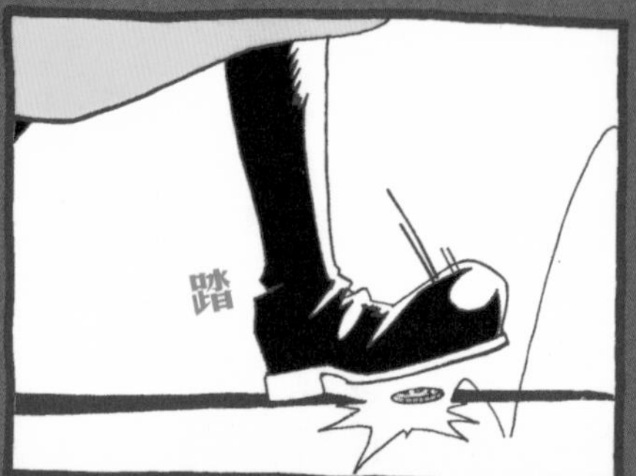
踏

真麻煩，
鞋帶常常鬆脱。

鞋帶②

當警察首要
是槍法準！
砰
砰

其次是
身手好，
拳拳到肉！
嘭

哦？
其三就是
要懂得
綁鞋帶。

這樣就不容易
被人發現了。

啤酒①

我喜歡英格蘭啤酒。
我喜歡法蘭西啤酒。

我喜歡蘇格蘭啤酒。
我喜歡愛爾蘭啤酒。

我什麼啤酒也喜歡。
小孩不能喝！

反正不是用來喝的！哈哈哈！

啤酒②

1 瓶啤酒分成 3 杯賣，3 瓶可以賣多少杯？
3×3=

9 杯！
9 杯！
9 杯！

錯！應該是 18 杯。

每杯倒少一半，可以賺多一倍呀！

福爾摩斯科學小手工
自製軟木塞帆船

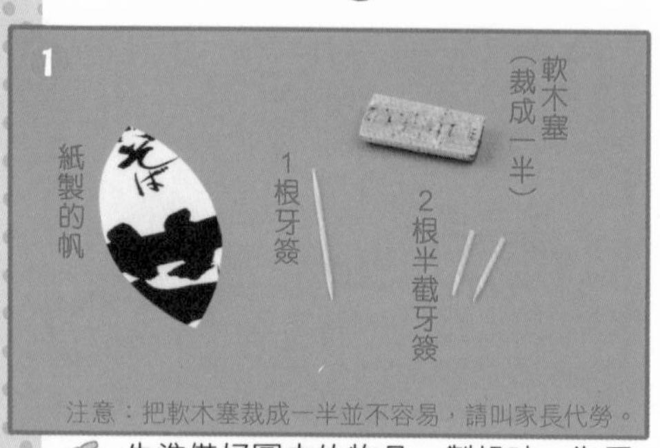

先準備好圖中的物品。製帆時，為了防水，建議用塑料包裝紙（如公仔麵的包裝袋）。

在軟木塞中間兩側插上半截牙簽作平衡再在軟木塞上面插上牙簽作桅杆。

把紙帆扭成弧狀穿到牙簽上去，帆船就成形了。

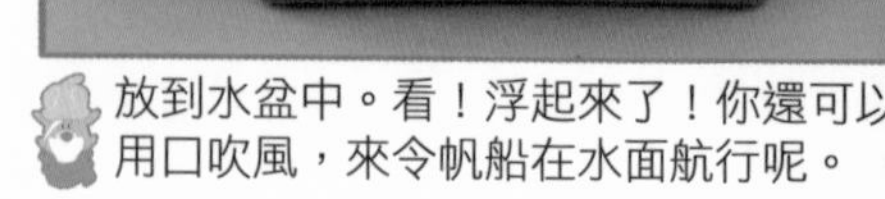
放到水盆中。看！浮起來了！你還可以用口吹風，來令帆船在水面航行呢。

科學解謎 由於軟木塞平均密度比水低，重量比水輕，故能浮於水。在軟木塞兩側分別插上半截牙簽，是為了保持船身的平衡，以免帆船翻側。這就像走鋼絲的雜技人常要拿着長長的木條以保持平衡一樣。此外，牙簽也比水輕，能增加帆船的浮力呢。

大偵探福爾摩斯

吸血鬼之謎II ㊱

原著人物／柯南．道爾
（除主角人物相同外，本書故事全屬原創，並非改編自柯南．道爾的原著。）

小說&監製／厲河　繪畫&構圖編排／余遠鍠

繪畫（造景）／李少棠　造景協力／周嘉詠

封面設計／陳沃龍　內文設計／麥國龍　編輯／盧冠麟、郭天寶

出版
匯識教育有限公司
香港柴灣祥利街9號祥利工業大廈2樓A室

想看《大偵探福爾摩斯》的
最新消息或發表你的意見，
請登入以下facebook專頁網址。
www.facebook.com/great.holmes

承印
天虹印刷有限公司
香港九龍新蒲崗大有街26-28號3-4樓

發行
同德書報有限公司
九龍官塘大業街34號楊耀松（第五）工業大廈地下
電話：(852)3551 3388　傳真：(852)3551 3300

第一次印刷發行　2017年1月
第六次印刷發行　2020年12月

Text : ©Lui Hok Cheung
©2017 Rightman Publishing Ltd. All rights reserved.
翻印必究
未經本公司授權，不得作任何形式的公開借閱。

本刊物受國際公約及香港法律保護。嚴禁未得出版人及原作者書面同意前以任何形式或途徑(包括利用電子、機械、影印、錄音等方式)對本刊物文字(包括中文或其他語文)或插圖等作全部或部分抄襲、複製或播送，或將此刊物儲存於任何檢索庫存系統內。
又本刊物出售條件為購買者不得將本刊租賃，亦不得將原書部分分割出售。
This publication is protected by international conventions and local law. Adaptation, reproduction or transmission of text (in Chinese or other languages) or illustrations, in whole or part, in any form or by any means, electronic, mechanical, photocopying, recording or otherwise, or storage in any retrieval system of any nature without prior written permission of the publishers and author(s) is prohibited.
This publication is sold subject to the condition that it shall not be hired, rented, or otherwise let out by the purchaser, nor may it be resold except in its original form.

ISBN:978-988-77494-5-5
港幣定價HK$60　台幣定價NT$270

若發現本書缺頁或破損，
請致電25158787與本社聯絡。

網上選購方便快捷　購滿$100郵費全免
詳情請登網址 www.rightman.net

1 追兇20年
福爾摩斯根據兇手留下的血字、煙灰和鞋印等蛛絲馬跡，智破空屋命案！

2 四個神秘的簽名
一張「四個簽名」的神秘字條，令福爾摩斯和華生陷於最兇險的境地！

3 肥鵝與藍寶石
失竊藍寶石竟與一隻肥鵝有關？福爾摩斯略施小計，讓盜寶賊無所遁形！

4 花斑帶奇案
花斑帶和口哨聲竟然都隱藏殺機？福爾摩斯深夜出動，力敵智能犯！

5 銀星神駒失蹤案
名駒失蹤，練馬師被殺，福爾摩斯找出兇手卻不能拘捕，原因何在？

6 乞丐與紳士
紳士離奇失蹤，乞丐涉嫌殺人，身份懸殊的兩人如何扯上關係？

7 六個拿破崙
狂徒破壞拿破崙塑像並引發命案，其目的何在？福爾摩斯深入調查，發現當中另有驚人秘密！

8 驚天大劫案
當鋪老闆誤墮神秘同盟會騙局，大偵探明查暗訪破解案中案！

9 密函失竊案
外國政要密函離奇失竊，神探捲入間諜血案旋渦，發現幕後原來另有「黑手」！

10 自行車怪客
美女被自行車怪客跟蹤，後來更在荒僻小徑上人間蒸發，福爾摩斯如何救人？

11 魂斷雷神橋
富豪之妻被殺，家庭教師受嫌，大偵探破解謎團，卻墮入兇手設下的陷阱？

12 智救李大猩
李大猩和小兔子被擄，福爾摩斯如何營救？三個短篇各自各精彩！

13 吸血鬼之謎
古墓發生離奇命案，女嬰頸上傷口引發吸血殭屍復活恐慌，真相究竟是……？

14 縱火犯與女巫
縱火犯作惡、女巫妖言惑眾、愛麗絲妙計慶生日，三個短篇大放異彩！

15 近視眼殺人兇手
大好青年死於教授書房，一副金絲眼鏡竟然暴露兇手神秘身份？

16 奪命的結晶
一個麵包、一堆數字、一杯咖啡，帶出三個案情峰迴路轉的短篇故事！

17 史上最強的女敵手
為了一張相片，怪盜羅蘋、美艷歌手和蒙面國王競相爭奪，箇中有何秘密？

18 逃獄大追捕
騙子馬奇逃獄，福爾摩斯識破其巧妙的越獄方法，並攀越雪山展開大追捕！

19 瀕死的大偵探
黑死病肆虐倫敦，大偵探也不幸染病，但病菌殺人的背後竟隱藏着可怕的內情！

20 西部大決鬥
黑幫橫行美國西部小鎮，七兄弟聯手對抗卻誤墮敵人陷阱，神秘槍客出手相助引發大決鬥！

21 蜜蜂謀殺案
蜜蜂突然集體斃命，死因何在？空中懸頭，是魔術還是不祥預兆？兩宗奇案挑戰福爾摩斯推理極限！

22 連環失蹤大探案
退役軍人和私家偵探連環失蹤，福爾摩斯出手調查，揭開兩宗環環相扣的大失蹤之謎！

23 幽靈的哭泣
老富豪被殺，地上留下血字「phantom cry」（幽靈哭泣），究竟有何所指？

24 女明星謀殺案
英國著名女星連人帶車墮崖身亡，是交通意外還是血腥謀殺？美麗佈景背後隱藏殺機！

25 指紋會說話
詞典失竊，原是線索的指紋卻成為破案的最大障礙！少年福爾摩斯更首度登場！

26 米字旗殺人事件
福爾摩斯被捲入M博士炸彈勒索案，為嚴懲奸黨，更被逼使出借刀殺人之計！

27 空中的悲劇
馬戲團接連發生飛人失手意外，三個兇逐一登場認罪，大偵探如何判別誰兇手？

28 兇手的倒影
狐格森身陷囹圄！他殺了人？還是遭陷害？福爾摩斯為救好友，智擒真兇！

29 美麗的兇器
貓隻集體跳海自殺，記者調查時人間發。大偵探如何與財雄勢大的幕後黑鬥智鬥力？

30 無聲的呼喚
不肯說話的女孩目睹兇案經過，大偵探其日記查出真相，卻令女孩身陷險境！

31 沉默的母親
福爾摩斯受託尋人，卻發現失蹤者與宗兇殺懸案有關，到底真相是……？

32 逃獄大追捕II
刀疤熊藉大爆炸趁機逃獄，更擄走騙馬奇的女兒，大偵探如何救出人質？

33 野性的報復
三個短篇，三個難題，且看福爾摩斯如憑藉圖表、蠟燭和植物標本解決疑案！

34 美味的殺意
倫敦爆發大頭嬰疾患風波，奶品廠經理化驗員相繼失蹤，究竟兩者有何關連？
榮獲2017年香港出版雙年獎頒發「出版獎」

35 速度的魔咒
單車手比賽時暴斃，獨居女子上吊亡，大偵探發現兩者關係殊深，究當中有何內情？
榮獲2017年香港教育城「第14屆十本好讀」頒發「小學生最愛書籍」獎及「小學組教推薦好讀」獎。

36 吸血鬼之謎II
德古拉家族墓地再現吸血鬼傳聞，福摩斯等人重訪故地，查探當中內情！

37 太陽的證詞
天文學教授觀測日環食時身亡，大偵探中找出蛛絲馬跡，誓要抓到狡猾的兇手

38 幽靈的哭泣II
一大屋發生婆媳兇殺案，兩年後其對面的林傳出幽靈哭聲，及後林中更有人被殺。竟當中有何關連？